POÉSIES

PAR

J. LAINNÉ.

PARIS

SCHILLER AÎNÉ, IMPRIMEUR LIBRAIRE,
Rue du Fg-Montmartre, 11.

1853

POÉSIES

POÉSIES

PAR

J. LAINNÉ.

PARIS

SCHILLER AINÉ, IMPRIMEUR-LIBRAIRE,

Rue du Fg-Montmartre, 11.

1853

LA MER.

La Mer, le vaste ciel, l'espace illimité,
Et l'étrange rumeur de l'abîme surgie,
Et le vent sur les flots soufflant en liberté;
Tout ravit la pensée, interdite, élargie !

L'imagination emporte son essor
Par-delà l'horizon, par-delà l'étendue,
Ou, lasse de planer, parfois d'un brusque effort
Au fond du gouffre amer elle plonge éperdue.

C'est là qu'elle revoit tous ceux dont le destin
A fini pour jamais sous la vague étouffante,
Troupe pâle et sans nom, déplorable butin
Descendu tout vivant dans la tombe béante.

O vaste cimetière, implacable Océan,
Que de drames obscurs enfouis sous tes rides!
On se fie à ton calme, on part ; et l'ouragan
Déchaîne brusquement tes colères perfides !

On t'aime cependant, surtout l'homme inquiet
Qui sur ton front changeant, dans ton rauque murmu
Entend comme un écho, surprend comme un reflet
Du trouble qui s'agite en toute créature.

LA CAMPAGNE.

Loin des sombres cités, la campagne attrayante,
Ranime la vigueur de l'âme défaillante ;
C'est là que dans la paix et le recueillement
On peut se retrouver et vivre librement.
Plus de bruit importun, plus de foule empressée ;
L'horizon s'agrandit ainsi que la pensée ;
L'air pur est imprégné de salubres senteurs ;
Les rustiques travaux des bruns cultivateurs
Et l'aspect des troupeaux paissant dans les prairies
Rendent au cœur ému de fraîches rêveries.

Des êtres cependant éternel aliment
La vie à flots pressés s'y verse incessamment ;
Dans d'infinis canaux son courant s'y soulève :
Elle est dans le grand arbre où s'élance la sève,
Et dans l'herbe, où l'insecte entonne sa chanson ;
Elle inonde notre âme, où court un saint frisson,
Et qui, dans le transport dont l'ivresse l'épure,
Aime à se perdre au sein de l'immense nature.

LA NUIT.

La nuit en nos murs vient répandre
Le calme, et le repos des fatigues du jour ;
Son cours réparateur va bientôt tout suspendre,
D'un cœur reconnaissant accueillons son retour !

Trop longtemps, ô nuit salutaire,
L'homme, livrant ton règne à l'antique ennemi,
A cru voir, plein d'effroi, dans le silence austère
L'esprit du mal planer sur le monde endormi.

Pourquoi ces chimériques craintes ?
C'est la bonté de Dieu qui donne le sommeil ;
Et comment redouter de funestes atteintes
Quand son soin paternel assure le réveil ?

Et quand pour nous l'heure dernière
Sonnera, pour jamais quittant ce monde vain,
Endormons-nous en Dieu, sans regards en arrière,
Confiants, pleins d'espoir, croyant au lendemain !

MONTMARTRE.

A Montmartre parfois, au sommet de la butte,
Quand le soleil montait ou penchait vers sa chûte
    L'été, j'allais m'asseoir,
Pour contempler d'en haut, étincelant ou sombre,
Le grand panorama, sous la lumière ou l'ombre
    Si merveilleux à voir :

Mon œil reconnaissait dans leurs formes précises
Les monuments, les tours, les palais, les églises,
    Les places, les jardins ;
Jusqu'aux derniers confins de l'horizon bleuâtre,
Je voyais les maisons du vaste amphithéâtre
    Envahir les gradins.

Et devant cet amas de demeures diverses,
Songeant aux actions ou bonnes ou perverses
        Qui se faisaient là-bas,
Au travail incessant de la ville géante,
A ce que me cachait l'ouverture béante
        Se creusant sous mes pas,

Je sentais jusqu'à moi de cette multitude
Monter le rude effort, l'ardente inquiétude,
        Le penser dévorant;
Et je redescendais tout empli des idées
Que versait en mon cœur, à grands flots débordées,
        Un spectacle si grand.

———

L'ÉGLISE DE VILLAGE

Un dimanche d'été, traversant un village
Vers le déclin du jour, distrait et soucieux
Je passais, quand soudain, j'entends du voisinage
Se répandre dans l'air un chant religieux :

C'était Vêpres ; j'entrai dans le temple rustique :
Un chœur de voix sans art, alternant tour à tour,
Récitait gravement, suivant le rhythme antique,
Les hymnes consacrés et les psaumes du jour.

Puis la procession, et sa pompe pieuse
Que fermait un vieux prêtre aux pas mal assurés,
S'avança dans la nef, lente et majestueuse,
Promenant de la foi les signes révérés.

Tout-à-coup le soleil, transperçant un nuage,
D'une mystique flamme éclaira le saint lieu ;
Et la chaude lumière empourprant le vitrage,
Sur le modeste autel jaillit en traits de feu.

Tout se transfigurant à ma vue éblouie,
Je sentis vaguement, dans le suave encens,
Dans les riches habits, dans la sainte harmonie,
Comme un reflet lointain du splendide Orient.

Et quand la vision, disparaissant trop vite,
Effaça son image à mon œil incertain,
Méditant en mon cœur la beauté du vieux rite,
Je sortis tout pensif, reprenant mon chemin.

NOVEMBRE.

Sous un brouillard épais le soleil qui se cache
Ne verse plus d'en haut qu'un jour terne et douteux ;
De l'arbre dépouillé la feuille se détache,
Découvrant des troncs noirs le squelette honteux.

La pluie à larges flots s'épanche ; sous la brume
Le sol s'est détrempé ; le froid est de retour :
La fenêtre se ferme et l'âtre se rallume,
Et de l'humide nuit se prolonge le cours.

C'est novembre, et l'hiver qui vient, triste et rapide ;
La nature à nos yeux semble près d'expirer,
Et comme elle, notre âme où tout se fait aride,
S'emplit d'un deuil précoce et cesse d'espérer.

Coupable abattement! De l'épreuve prochaine
Sachons mieux accepter l'inévitable loi ;
A des maux passagers résignons-nous sans peine,
D'un meilleur avenir gardons toujours la foi !

Car ce pâle soleil qui s'éteint sous la brume,
Nous le verrons bientôt, ranimant sa chaleur,
Sous ses rayons de feu fondre l'impure écume,
Et dans l'ardent azur s'élancer en vainqueur.

Et la terre, où déjà tressaille la semence,
Renouvelant pour nous sa face aux temps prescrits,
Comme aux jours regrettés de sa magnificence
Etendra sous nos pas son verdoyant tapis.

Il faut, pour reposer l'inépuisable mère,
Pour ranimer l'effort de ses robustes flancs,
Que sous le froid son sein durcisse et se resserre ;
Car c'est le triste hiver qui fait le beau printemps.

LE DOME DE MILAN.

Sur ce dôme éclatant dont les flèches sans nombre
Montent de toutes parts et s'élancent vers Dieu ;
Stalactite de marbre, étincelant dans l'ombre
Ou de son profil blanc découpant le ciel bleu.

A l'extrême sommet de la pointe dernière
Qui pyramide en haut sur la sainte maison,
Une image sublime au sein de la lumière
Se dresse, dominant la ville et l'horizon ;

C'est la vierge bénie, amour du moyen-âge,
Etoile du matin, refuge du pêcheur,
La mère de son Dieu, la femme pure et sage
Qui du lys en sa gloire efface la blancheur.

Il semble qu'en ce faîte, où sa face rayonne,
A son céleste fils s'adressant de plus près,
Secours des affligés, indulgente patronne,
Pour ses fils d'ici-bas elle prie à jamais.

LA CÈNE DE LÉONARD DE VINCI.

Les hommes et le temps ont d'une ardeur égale
Dégradé tristement ton œuvre, ô Léonard !
Elle va s'écaillant, et le mur de la salle
A peine en montre encor quelque lambeau blafard.

Pourtant, quand on s'approche, à travers la ruine
L'œil ravi reconnaît la tête de Jésus,
Cette tête inclinée, à la douceur divine,
Merveille de ton art, qui ne périra plus!

LE MARIAGE DE LA VIERGE, DE RAPHAEL.

Perle de ton adolescence !
Merveille de cet heureux temps
D'illusion et d'espérance
Où ton art dans son innocence
S'inspirait de ton pur printemps !

Quel charmant et noble alliage
De grâce et de naïveté !
Tout est chaste dans cette page ;
Ton âme en cette fraîche image
Reflète sa virginité.

Ah ! de ta jeunesse fervente
J'aime avant tout ce monument :
Plus tard, ô toi que chacun vante,
Ta peinture fut plus savante,
Mais non plus belle assurément.

C'est que l'école de la vie,
T'avait bientôt tout dévoilé,
Que la candeur t'était ravie,
Et que de ton âme assouvie
Le beau rêve était envolé.

Aussi, bien loin de la barrière
Parfois peut-être on put te voir
Dans ta triomphante carrière
Tourner tes regards en arrière
Vers ce passé si frais d'espoir.

FLORENCE.

Ville des vieux palais, Athène italienne,
Par l'histoire et les arts illustrée à l'envi,
Dont la séduction attire et te ramène
Les pas du voyageur, curieux et ravi,

Que j'aimais, parcourant tes places et tes rues,
A retrouver partout, émerveillant les yeux,
Ces monuments témoins des races disparues,
Qu'en tes jours de grandeur t'ont bâtis les aïeux !

L'enceinte crénelée où siégeait la Commune,
Et son farouche aspect qui dit éloquemment
Ton orageuse vie au temps de ta fortune,
Lorsque tes citoyens agissaient fortement :

Surtout le noble Dôme, où le marbre étincelle,
Et sa haute coupole à l'ovale si pur
Que d'un compas hardi, sans maître ni modèle,
Ton vieux Brunelleschi dessina dans l'azur ;

C'est à ce même endroit, devant le Campanile
OEuvre de Giotto, que rêveur, vers le soir,

Quand le murmure enfin s'apaisait en la ville,
Pour retremper son cœur Dante aimait à s'asseoir.

Souvent, pour tout un jour charmant mes rêveries,
Et d'un chef-d'œuvre à l'autre allant avec transport,
J'errais en ton musée aux longues galeries
Où de l'art immortel se garde le trésor ;

Ou bien, de ces hauteurs qui partout te dominent,
J'aimais à contempler ton beau panorama,
Tes ponts, tes quais, tes tours, tes lointaines collines,
Et ce ciel transparent qu'épure ton climat.

En te voyant ainsi sous mes pieds étendue
Parfois mon souvenir retournait au passé ;
Je songeais tristement à ta gloire perdue,
A ton ancien renom, maintenant effacé.

Je me disais : Veux-tu pour toujours, ô Florence,
Reniant tes héros, languir dans le sommeil?
Ah ! ressucite enfin, fût-ce dans la souffrance ;
Retrouve, il en est temps, la vie et le réveil !

LE COLYSÉE.

Monument éternel d'infamie et de gloire !
Impérial débris, devant qui toute histoire,
A notre œil désormais semble terne et pâlit ;
D'un monde qui n'est plus vestige funéraire !
Suprême enseignement ! Livre et leçon de pierre
        Que chaque siècle épelle et lit !

C'est ici qu'en ses jeux la Rome corrompue
Accourait à l'envi se distraire, et, repue,
Se plaisait au tableau du meurtre et de la mort ;
Ici qu'ivre de sang, l'incomparable orgie
Eclatait, à l'aspect de l'arène rougie,
        En un frénétique transport.

C'est sur le sol maudit de cet amphithéâtre
Que bravant, les fureurs de la tourbe idolâtre,
L'intrépide chrétien s'apprêtait à pâtir ;
Que sous l'ongle et la dent de la bête cruelle,
Il confessait encor, transporté d'un saint zèle,
La foi dont il tombait martyr.

Maintenant le silence habite ton enceinte,
O colosse déchu ! le vent seul de sa plainte
Fait retentir encor ton solennel écho ;
Sur tes gradins déserts poussent de jeunes plantes,
Tes cintres ne font voir, au travers de leurs fentes,
Que le ciel au sombre indigo.

Et l'étranger distrait qui foule ta ruine,
Se rappelant bientôt ton impure origine,
Ne concevrait qu'horreur pour les jours d'autrefois,
S'il ne voyait enfin, se dressant à ton centre,
Et d'un hideux passé purifiant cet antre,
L'auguste image de la croix !

LE DOMÈ DE ST-PIERRE.

Sur le mont Pincio, d'où le regard domine,
Je me plaisais souvent à gravir vers le soir,
A l'heure solennelle où le jour qui décline
Efface ses couleurs dans le ciel déjà noir.

Ce n'était point l'aspect des brillants équipages,
Le beau monde et son ~~bruit~~ que j'y venais chercher,
Mais ces purs sentiments, ces pensers qui soulagent
Quand on voit le soleil dans la paix se coucher.

J'attendais qu'alentour se refît le silence,
Que tombât la poussière, et sans distraction
Je contemplais Saint-Pierre et sa magnificer··
Et son dôme si pur en sa proportion.

J'admirais la beauté de la courbe élégante
Que le grand Michel-Ange arrondit dans le ciel,
La voûte aérienne, à l'audace savante,
Découpant son profil sur l'azur éternel,

Le soleil, éteignant sa rougeâtre auréole,
Etait déjà caché, que mes regards ravis
Restaient longtemps encor fixés sur la coupole,
Et le cœur tout ému je rentrais au logis.

LES PÊCHEURS DE BAIA.

Un dimanche à Baïa visitant des ruines,
Sur un tertre de loin j'aperçus rassemblés
Des groupes de pêcheurs, des cabanes voisines
Accourus, et rangés en cercles redoublés.

Je m'approchai : l'un d'eux sur une peau tendue,
Aux sonores grelots, de sa paume frappait ;
Et, suivant du tambour la cadence assidue,
Un autre, sérieux, à danser s'occupait.

Il dansait, il dansait ; docile à la mesure,
Et variant toujours son pas sans s'étourdir,
On le voyait tantôt ralentir son allure,
Tantôt sur son jarret brusquement rebondir ;

Puis un autre, emporté par son ardeur naïve,
S'élançant à son tour au son du tambourin
Continuait, aux yeux de la foule attentive,
Le spectacle éternel de la danse sans fin.

Tout était fête au ciel ; le jour et la lumière,
De magiques clartés inondaient l'horizon ;
La mer assoupissait sa plainte coutumière
Et murmurait à peine au bord de sa prison.

Devant cette nature ardente, enchanteresse,
La joie avait besoin de se manifester ;
Et transporté comme eux, je sentis quelle ivresse
Sans repos et sans but les faisait s'agiter.

Depuis j'ai vu souvent des danses plus savantes,
Dans un rhythme plus pur des pas mieux cadencés,
Sans que pour moi jamais de ces âmes ferventes
Les passe-temps sans art en fussent effacés.

LA JEUNESSE.

Jeunesse ! ô frais matin, ô pur et beau printemps !
Quand ton souffle en nos cœurs fait déborder l'ivresse,
Et qu'à l'œil ébloui tes rayons éclatants
D'un magique avenir colorent la promesse,

A nos ardents souhaits tout rit, tout semble aisé ;
Rien ne détrompe encor l'âme présomptueuse :
Et par ses rêves d'or le jeune homme abusé
Croit à l'éternité de la saison heureuse.

Pourtant arrive un jour, hélas! inattendu,
Où du trop court printemps s'éclipse la lumière ;
L'azur du sombre été partout s'est étendu ;
Le fruit mûri succède à la fleur éphémère :

L'âme regrette alors, en son réveil soudain,
De ses songes charmants l'heure si tôt passée,
Et le jeune rayon qui dorait le matin :
Inutile retour ; importune pensée !

Ce radieux printemps, il a fui pour jamais ;
L'horizon rétréci s'est couvert d'un nuage ;
Le soir vient ; le temps passe emportant nos regrets,
Et déjà s'est montré le terme du voyage.

SOUVENIRS.

J'aimais l'enchantement de l'heure matinale,
Du jour en son midi la splendeur sans égale,
Et la couleur magique en qui s'éteint le soir;
Le silence parlant de la nuit constellée,
Le reflet de la lune ou sereine ou voilée
Argentant au loin le ciel noir;

J'aimais le libre espace et la vaste étendue,
La plaine qui s'allonge, à l'horizon perdue,
Les sommets que dans l'air dressent les monts hautains ;
Le fleuve qui serpente et dérobe ses rives,
La vallée entr'ouvrant ses creuses perspectives,
L'aspect des bleuâtres lointains ;

L'asile des forêts profondes et désertes,
Leurs parfums ignorés, leurs fraîches teintes vertes,
Ce jour étrange et doux éclairant leurs berceaux,
Le souffle harmonieux du vent dans la feuillée,
Et sous l'arbre touffu la musique éveillée
Par les chants légers des oiseaux ;

J'aimais le cri strident, le murmure sauvage
De la vague qui monte et brise sur la plage,

Des bords de l'Océan l'âcre et salubre odeur,
Et la falaise à pic, se penchant sur l'abîme,
Dont le flot bat le pied, dont le vent bat la cime,
    Et qui se rit de leur fureur ;

J'aimais, voguant la nuit sur la mer ondoyante,
Accoudé sur le pont, dans la voûte brillante
Contempler longuement les astres voyageurs,
Et derrière les mâts que le roulis balance,
Les perdre, les revoir, de l'éternelle danse
    Nouant et dénouant les chœurs ;

J'aimais, loin des chemins que le bruit accompagne,
Par un beau jour d'été me perdre en la campagne,
Et, dans l'herbe ou les blés me couchant à l'écart,
Parmi ce mouvement qui sans terme ruisselle
Respirer de plus près la vie universelle
    Y débordant de toute part ;

C'était encor ma joie, en mes pèlerinages,
D'aller cherchant partout les reliques des âges ;
Sur les hauts monuments j'aimais à m'élever,
A planer de leur faîte, à travers la distance,
Sur les toits, sur les champs, sur l'horizon immense,
Dont le spectacle fait rêver.

Dans la société, mer aux couches profondes
J'aimais à me plonger, à trouver sous ses ondes
Un nouvel univers, surprenant, inconnu ;
J'y dirigeais sans peur ma course hasardée
Et lassé, mais vainqueur, et rapportant l'idée
Maintes fois j'en suis revenu.

FIN.

Paris.— Impr. de Schiller aîné, Fg-Montmartre, 11.

www.ingramcontent.com/pod-product-compliance
Ingram Content Group UK Ltd.
Pitfield, Milton Keynes, MK11 3LW, UK
UKHW021652130726
13696UKWH00004B/1559